KB169072

길을 묻는 푸른 바람

길을 묻는 푸른 바람

법공 스님 지음

대양미디어

『길을 묻는 푸른 바람』을 내며

땅끝마을 해남을 지나 완도에서 장보고 아카데미를 운영하며 청소년들에게 대양의 꿈과 대륙적 기질을 고양하자는 취지로 한중일 청소년교류를 시작하였고 또한 청소년운동은 전부터 계속 해오던 터였습니다.

청소년 시집이라는 수식어를 1권부터 붙이게 된 사유가 바로 어린이 청소년과의 교류, 동감, 이해 때문입니다. 앞으로도 우리 교단이 하지 못하는 청소년운동은 누구든 미래 불교를 위해서라도 앞장서야 할 일입니다.

저도 어린이청소년 운동을 시작하면서 꿈은 많고 미래에 대한 비전은 많았지만, 봉사와 실천만으로는 현실적으로 어려움이 많았습니다. 교계의 지원이나 정부의 지원이 없는 종교단체의 일은 더더욱 예산을 수립하는데 한계를 느끼곤 했습니다.

지난해부터 수행처를 아산 보문사로 옮겨 어린 시절 불교입

문의 길을 터 주신 석주 스님의 그림자를 따르며 수행하고 있습니다.

청소년학생들과 부대끼며 아이들의 어려움과 상담을 통해 눈물짓던 일은 없지만 마음공부와 부처님 시봉에 대해 고민하는 날이 많아졌습니다.

이 책 『길을 묻는 푸른 바람』은 지난 완도 신흥사에서의 후반기와 보문사로 수행처를 옮긴 이후의 한두 편씩 모았던 시편을 중심으로 한 자리에 모았습니다.

요즘 많은 시간을 할애하여 경전을 새로 읽고 있습니다. 몸이 편안하지 않도록 경책하며 많은 분들의 저서도 받아 읽고 있습니다. 왜냐하면 종교도 변화하는 세상과 어느 만큼 소통할 수 있는 지혜가 필요하다는 생각이기 때문입니다.

고민하며 아픔만큼 성숙한다는 말을 믿습니다.

어찌 보면 지나가는 바람처럼 한 번 읽고 버릴 만큼 하찮은 시편이 될 수 있겠지만, 포교현장에서 오로지 마음공부를 하며 문학 활동을 하는 것이 사치라고 할 수도 있을 것입니다. 겸손한 마음으로 이 책을 올리며, 새로운 인연으로 푸른 바람을 다시 맞게 되길 서원합니다.

정유년 10월 초하루
보문사 관음전에서
법 공

차례

제2부 수행자의 기도

제3부 길을 묻는 바람

제4부 산빛 고운 오후(찬불가 노랫말)

부록

제1부
그림자를 따라 걷는 길

징검돌

시냇가에 놓인 징검돌
물살에 닳고 닳아 이끼도 까만 돌

부처님의 비유말씀
물 한모금의 공덕
생사 갈랐다는 전생 설화도 있지만
징검돌 놓은 인연
10대 발복으로 실현되려나

진천 농다리를 고친 촌부는
현감의 며느리로 자식을 출가시켜
대장군을 낳게 했고
영월 섶다리를 처음 지은 마을촌로는
5대가 벼슬길에 나아갔다지.

선업善業은 저승에 쌓는 자산資産
미래 내가 누릴 행복.

파초

늘 푸른 잎에 마음 걸어두었다.

일산이 없을 때
잎 한 장으로도 비를 가리고
화선지 없을 때는
물을 찍어 글공부하던 파초잎

법당 오르는 계단 옆에
좌우에 심어놓고
계절운기季節運氣 바라보려니
하늘물고기(풍경) 쪼르르 달려와
알을 낳고

산고양이 담장위에 앉아
나뭇가지 사이로 빠져나온 햇살 헤아리고
파초의 초록잎 물이 뚝뚝 떨어져
붓꽃대가 푸르게 물이 든다.

은하수

빛도 없는 등명 낙가사의 새벽
별이라도 있더라면
지척을 구분할 수 있을 텐데
해우소 가려던 생각 서성댄다.

비구름 든던 하늘
고 작은 별빛도 없는 하늘이
왜 이토록 간절할까

새벽녘에야 벗겨지는 밤하늘
빛덩어리 뚝뚝 떨어지고
희뿌연 하늘의 강이 열린다.
그 노란 강물 은하수
영혼이 담길 강이다.

하루살이

하루살이에게 밤과 낮 설명하고
역사 이야기 하고
계절의 의미 강의하면 초연超然하게 들을까

생명은 유한하고 우주는 일천한데
다툼과 욕망, 오해와 거짓으로
하루라도 지구촌에서
전쟁 그칠 날이 없었지.

하루살이의 눈으로 역사를 보면
부지런히 서로 격려하며
사랑하고 이해하며
돕고 살아도
하루 밖에 못 사는 삶.

우주에서 보면 우리의 100년 인생도
얼마나 부질없는 찰나인가?

동전 10원

동전 두 개
길바닥에 놓여있다.

그 돈을 보고도 무심하게 지난다.
내 것이 아니라도 그렇지
귀한 돈이 아닌가?

은행에 세금을 낼 때나
차표를 살 때도
10원만 모자라도 결제를 못하는 돈인데
보고도 그냥 지나간다.

그만큼 하찮은 돈의 무게
아무리 귀해도 이 작은 동전 하나가
큰돈이 되는데
10원의 가치를 모른다.

흔적

생자필멸生者必滅!
'살아있는 것은 언제인가는 죽는다.'

누구든
그 무無의 진리 고집하지 않지만
사바 연에 온 인연
큰 족적은 아니라도
흔적痕迹은 남겨야지.

마음이 바쁘다
구름이 빠르다.

문고리

열고 닫음이 있기에
방인 줄 안다.

문고리를 벗기고
나를 감추고

문고리를 걸고
감춘 나를 찾는다.

조사전祖師殿에 예배하며

일 년에 한두 번 포행을 떠난다.
금강산 건봉사를 시작으로
사방 사십 리마다
절이 있었다는 사찰도감의 머리말 읽고
시작한 전국사찰 유람길

속리산 법주사에 이르러
조사전에 무릎 꿇으니
한량없는 방황에 경책의 매를 든다.

한 시대 신앙의 중심에서
정신적 지도자이셨던 고승들
속리산 문장대 계곡
부러진 참나무 가지보다도 못한
이 작은 승려 방황
무슨 말로 하문하실까?

밤새 내가 걸어온 길
내가 지은 업장
간절히 3천 배 성만하니
미륵불의 풍경소리가 아침을 여는구나.

벼랑위의 소나무

어찌 올랐을까
벼랑위에 소나무 한그루
바위에 뿌리를 박고 서 있다.

바위의 빈틈을 뚫고 들어가
몸을 키우고
푸른 솔까지 달고 울며 크던 나무
이제 계곡을 내려 보며
바람소리로만 웃는다.

'—나처럼만 말없이 실천해 봐.'
'—죽기를 한하면 무엇을 못하랴!'

실직失職하고 산을 오른 명례삼촌
산정山頂의 그 나무를 보고
울다 내려왔다지.

'—죽기를 한하면 무엇을 못하랴!'
북한산 올레길옆
벼랑위의 소나무가 나를 가르친다.

태종대 자살바위

내 인생의 주관자는 바로 나
삶의 주인공이다.

시련의 아픔
가지지 못하는 욕망에 대한 환멸
바다는 달려와 바위벼랑에서
그 욕망을 싸잡아 안고
멀리 달려 나간다.

예로부터 수천여명이 목숨을 버린 터
그 고혼의 한을 달래주는 구명사救命寺
간절한 목탁소리

세상 버릴 생각이면 무엇을 못할까

재벌의 하루 일상이나
넝마 줍는 노인의 일상이 무엇이 다르랴
행복은 마음에서 시작되는 것
지금 가진 것에 대한 감사함이
빈손으로 온 우리 생의 기쁨.

울릉도

동으로 바다멀리 섬 하나
옛이름 우산도
여기도 소나무 자라는 우리 땅

물고기 건져내고
분지에 호박과 감자 심어
겨울나던 옛사람들
이제는 희귀약용식물 가꾸며 산다.

뭍으로 향한 그리움 많아도
서풍 따라 달려오는 구름 맞으며
뱃고동소리 기다리는 섬사람들

나도 갈매기가 되어
외로운 섬그늘에 쉰다.

진천 농다리

디딤돌 하나 놓으면 천국에 이르고
길손에 물 한 그릇 적선은
내생에 죽을 운명에서 살아난다.

경상도와 충청도 사람이 밟고
서울을 가던 징검다리 징검돌
지금은 중부고속도로 차도 옆에
흔적처럼 남아있지만
객사가 있던 쉼터

말도 쉬고, 가마 탄 여인도 쉬고
한양에 올라가는 봉물짐도
다리 옆에 내려져
하루를 쉬던 곳.

남쪽 선영으로 가던 행여도
가끔은 이 농다리를 건너
소백산을 넘어갔다.

정갈한 음식

천도재나 수륙재를 지내고 물린 음식
고혼에게 올리는 최고의 음식
제사에 참석한 대중
고루 나누면 덕이 되는 것을.

'—귀신이 먹던 음식을 나보고 먹으라고요?'
'—나와는 관계없는 가족인데'
'—그 음식 나눠 먹으면
그 영혼 나에게 빙의되는 것 아닌가요?'

모든 사유가 사람에 의한 방편
생각이 병病을 만든다.

무주고혼에 올리는 제사음식
최상의 재료로 준비하는 정갈한 음식
영계靈界의 고혼들은
자기 제사에 와준 기억만으로도
눈물을 흘린다.

청동거울

부여백제의 옛 성터 사비성
그 성터를 올려다보는 궁남지 옛터에
가든을 지은 최거사님

한국전쟁 이후부터
엿장수들에게 사서 모았다는 청동거울
개수로만 540여개

고물로 팔려 솥이나 구리선으로
다시 몸을 바꿨을 지도 모르는 청동거울
녹을 닦고 광택을 내서
장식장에 갈무리 해 놓았다.

주택을 짓고 도로를 내고
밭을 일구다가 발견했던 청동거울
백제의 장례 터에서
지금도 출토되는 귀한 유물

어떻게 거울 속에 동심원을 만들었을까
번쩍이는 황금빛 속에
백제의 하늘이 일렁인다.

빛으로 오신 큰스님

'마 삼근'이라는 화두로 득도하신
석주당 정일 큰스님

어려운 한문 경전 한글로 풀어
교화방편 마련하시고
미래불교 새싹 키우려 청소년교화연합회
한국불교아동문학회
대한불교찬불가제정위원회 풀씨 놓아
꼭꼭 밟아 다져놓으셨다.

피리 부는 스님

티베트의 눈 덮인 언덕
스님들이 새를 불러요.
죽은 사람 하늘로 보내는 천장遷葬*.

산봉우리를 맴돌던 독수리
그 울음소리 닮은 스님의 피리소리.

살점 한 점 입에 물기 전에
'—피오로 꾸—욱 꾹'
'—피오르 꾸—욱 꾸!'
독수리 울음소리

스님은 북을 치며 피리 불고
하늘 오르는 영혼
하얀 명주 옷자락 같은 흰 구름 보고 있었어요.

* 천장(遷葬) : 불교의 전통 장례의식 중에 자신의 몸까지 조각내 허기진 날짐승에게 먹이로 주는 장례 방법 중의 하나.

설악산 화암사

일주문 앞에 1500톤 알바위가 앉아있다.
승천하려는 용을 눌러놓고
화암사를 지키라는 천신의 말 듣고
제석신 바위를 들어다 놓았다.

산불도 무서워 일어나지 않고
태풍도 무서워
바람소리도 재웠다는 설악의 보금자리

부처님도 어간문 열고
가끔은 알바위 바라보시고
산자락 언 발을
장작불로 녹이게 하신다.

마당가 감로수
설악의 화암사에서는
겨울에도 얼지 않고 달다.

암하노불岩下老佛

바위아래 늙은 부처는
염천에도
바람소리로 염불한다.

시공을 뛰어넘는 묵상의 시간

과거칠불의 은덕 입어
부모를 택해 이승에 던져진 몸
살고 죽는 고제를 벗어나
화장세계 나는 일
업장 두터운 미생은 꿈이나 꾸랴

바위 밑에 앉아있는
부처님의 귀를 잡고
호랑나비 한 마리 울고 있네.

폐사지廢寺地에서

전쟁의 흔적일까
불에 타고 무너진 사찰터

철당간은 무너져 돌기둥만 서 있고
주춧돌 있던 자리
잠자리와 풀무치만 날고 있네.

범종 울던 자리 어디인가?
풍경은 녹이 슬어 물고기 땅바닥을 기고
운판은 부서져 하늘조각을 이고 있고
기와는 깨져 흔적을 덮고 있네.

노스님 따라 나선 만행 길의 스님들
기왓장을 이고 올까
서까래를 메고 올까

울진의 솔밭에
금강송 대들보 감으로 적당하다 들었는데
폐사지에 구름만 서성대고 있구나.

나무를 심으며

4월이 오면
나무를 심는다.

꽃나무가 아니더라도
매년 그늘 넓이를 키워갈 상록수이면 반갑다
언제나 푸르름이 있고
다가가면 자람을 확인할 수 있는 나무
4월이면 그래서
나무를 들고 산을 오른다.

내가 지고 안고 갈수 있는
거름흙과 곡괭이와 가방과 물병 하나
산을 오르는 기슭
빈자리를 찾아 나를 심는다.

다시 오지 않더라도
내 발자국을 지키고 있을 나무를 심는다.

제 2 부

수행자의 기도

제비의 흙집

토담집을 짓듯
제비가 흙을 뭉쳐다가 처마 밑에 흙집을 짓는다.

부지런히 일을 하다가도
비가 오면 흙집이 무너질까
빗속 장대에 앉아 쉬고
날 밝으면
다시 흙집 짓기를 계속한다.

영리한 놈
다섯 형제를 기르면서
집 걱정하지 않는 제비

인간들도 자기 자식 기르는
집처럼 모든 공사
안전하고 튼튼하게 지었으면—.

오늘 중국 대련에서 다리를 짓다가
한순간 무너졌단다.

(2013. 10. 13)

금강경 독송

금강경 10만송 회향하고
천수경 1만송 지심으로 읽던 보살님
얼굴에 노여움 사라지고
교통사고로 다친 관절도 유연해져
매일 108배 가슴이 벅차시다.

구순의 친정어머니
대다라니 진언의 가피일까
칠순의 딸 걱정이 먼저이라.

풀 돋은 자리 스러지면
큰 들풀 더 왕성해 대지의 주인 되고
자연이치 그릇됨 없어
흙에서 난 몸 다시 자양으로 뿌려지듯
내생의 기름진 텃밭
우리보살님 지심至心으로
촘촘히 갈고 계시는구나.

본생경

초기경전인 아함경 읽다가
마주한 본연부의 우화들.

부처의 수많은 전생담
메뚜기, 사마귀, 독수리, 개구리, 사슴
왕과 사냥꾼, 농부와 장자
그 많은 삶의 여정 속에
주인공이 되었던 부처님.

그 많은 삶을 살며
중생 예화로 가르치고
교훈을 일러준 부처님

위대한 연기 법문이
본연부를 읽다보면 깨닫는다.

용문산 용문사

천년 사찰 용문사에 자라는 은행나무
가을에는 여덟 가마의 은행도
수확했다는 보배나무

목탁소리 염불소리 헤아리고
한 알 두 알 열매 매달다
올해도 저리 알 탐스럽구나.

미래세상 예비하신 아미타여래
목탁소리에 잠 깨어
염불 외는 산자락
산승은 은행나무 그늘
밭이랑에 앉아 풀을 뽑고 있다.

맷돌

예전에는 혼수로 다듬잇돌까지
친정엄마들이 준비하던 물건.

고추당초 맵고 쓰다는 시집살이
식구들 옷 빨아 다듬이질에
풀 먹이고
삼시 세끼 보리를 타고
수수를 타고
콩을 갈아 두부도 만들던 맷돌.

어머니의 한숨과 뼈가 함께 녹아내리던
긴긴밤의 집안 일
돌돌돌 맷돌을 돌리며 어머니
친정집의 간 장맛
생각하셨지.

물레와 디딜방아

외가에 가면
아직도 창고에 놓여있는 물건
솜을 타서 실을 뽑는 물레
발로 굴러 보리와 수수쌀을 찧던 디딜방아

방학 때면 도토리도 주어다 넣고 굴러보고
메조도 모아서 찧어보고
마늘도 받아다 찧고
신나는 디딜방아 놀이
할머니는 왠지 심란해 하셨지.

15살에 시집 와서
디딜방아에 손을 찧고
졸다가 시어머니의 손등마저 찧었다는 그 옛날
이제는 가슴이 시려
버리지 못하는 삶의 유물遺物

하늘은 옛적의 하늘 똑 같고
논과 밭도 옛적의 그 논과 밭인데
많은 것이 변했네.

옷감 짜지도 않아도 되고
아침저녁 디딜방아 찧느라
아픈 두 무릎 펼 수도 없었는데.

나무의 뼈

덕유산 기슭에
주목나무들 무덤이 있다.

살아서 천년.
죽어서 천년을 지킨다는 주목나무

잎은 지고 가지도 버리고
뼈만 남긴 채
'—세 세 세세세'
뼈를 핥고 가는 바람과 싸우고 있다.

다시 천년을 지나
뿌리마저 날려가도
세월을 안고 있는 주목나무의 뼈
납골무덤위에 구름이 흐른다.

비자나무

화엄사 일주문 앞에
비자열매 구워 파는 보살이 있다.

왕실제사에도 진설하던 비자열매
기생충 구제용으로
해안가 지방에서 널리 먹던 나무열매

화엄사 창건한 자장율사가 어린 동자승을 위해
심었다는 전설도 있고
벽암선사가 심었다는 이야기도 전하는 나무
스님들 오후불식
가끔은 이 비자열매 약으로도 쓰였겠다.

대북소리 일렁이는 저녁노을 질 무렵
화엄사 일주문 옆 숲에는
다람쥐도 청솔모도
비자열매를 물고 공양기도를 한다.

불이법문不二法門

법이 둘이 아니듯
나도 둘이 아니다.

선을 공부하러 산에 갔더니
범종이 스스로 울고 있었다.

방
한가운데
아버지의 비석碑石을 세웠다.

만행萬行

부처를 만나 해를 우러르고
삼라만상 질서 찾아
발길 재촉해 찾아간다.

오라는 곳 없고
기다리는 사람 없어도
넉넉하게 기다리고 안길 수 있는 품
대지大地가 집이다.

산정山頂에서 바라본 들과 강
강변에서 바라본 산정과 하늘
변한 것 없지만
눈眼이 경계를 허물어
열고 닫음이 있을 뿐이다.

길을 떠나는 것이 떠나는 것이 아니고
오는 것이 오는 게 아닌데
방 한가운데 허수아비를 세워놓았다.

서운암 장독

콩을 길러 무쇠 솥에서 쪄내고
고루 밟고 각을 잡아 시렁에 매달았다.

바람 고요한 햇살 드는 날
마음 정갈한 사람 불러 소금물 풀어놓고
메주 씻어 장독에 앉힌다.

목탁소리 듣지 않아도
염불소리 듣지 않아도
마음으로 익고 솔바람소리에 익는다.

흙냄새 그윽한 질그릇 속에
대나무숯덩이 뎅뎅 솟아오르고
익은 대추 한 줌에 장독이 가득하다.

부처님은 얼마나 많은 대중 거느시길래
이처럼 장독을 채우고도
싸리 울타리 길게 둘러치고
종종종종
또 다른 장독을 옆으로 세워놓고 있네.

기도하는 보살님

소쩍새 잠 못 이루고 우는 밤
관음전 법당마루에
통성기도로 부처님을 부르는 보살님

이승에서 지은 업식 어찌 회향할까
풍경소리는 하늘을 휘젓고
관음의 눈길은 한량없어라.

염불북 두드리는 차가운 손
금북이 울고
범종이 울 때까지
하늘은 여전히 침묵으로 지켜보고
칭명염불 외는 무릎위에
간절한 땀방울만 뚝뚝.

이승의 환영이 사라지고
미타彌陀세계의 꿈이 오시려나.
새벽별 떨어지는 소리
관음전 지붕을 두드린다.
솔숲바람이 밤을 깨운다.

육도윤회六道輪回

선악善惡의 근거로 끊임없이 돌고 도는 삶
육도윤회六道輪回의 수레바퀴 끝이 없다.

네발 달린 짐승이
두 발 달린 짐승을 부러워하고
두 발 달린 짐승
하늘 나는 삶 부러워 할 때
삶은 끊임없이 나고 죽는 것.

욕망과 애욕은 삶의 원천이기도 하지만
파멸의 근거가 되기도 한다.
극락의 영화도 중생계의 고통도
돌고 도는 윤회의 과장過狀이라면
그것 지켜보는 눈이 성자聖者일진대.

세상에 알로 태어난 것
새끼로 태어난 것

공중의 날개로 태어나는 하루살이도
생명은 소중한 것

윤회의 수레바퀴
내가 지은 업식대로 다시 난다.

윤회의 바다

바다에서 생산되는 생선과 해조류
때마다 반찬으로 섭취하고
몸 길러 100년 생生 성만해도
흙에 갈무리하는 삶

그 무덤 빗물에 쓸리고 쓸려
다시 바다로 흘러가나니
그 스러진 몸
바다에 녹아 다시 생선과 해조류로
몸 바뀌었다가
다시 뭍으로 나오는 삶.

태초에서부터
나는 그렇게 윤회의 수레바퀴
지은 업식도 모르고
돌리고 돌리며 살았다.

* 창원 귀산동 소릿길 시화전 작품

장보고 아카데미

완도 신흥사
청소년 포교염원으로 만든 장보고 아카데미

낙도인 완도에서 과연 가능할까
외지로 나가 공부하는 학생
유학생활도 바쁜데
청소년운동 제대로 될까

염려 반 기대 반
하나둘 모이고 모여
법당을 채우고
법당이 비좁아 절 마당이 법당이 되던 날
공양간에 서서 밥을 푸던 손길도 신이 났지.

'—장보고의 대양을 향한 꿈 우리가 이룬다.'

한 · 중 · 일 청소년 교류활동과
청소년기예 발표로 우정 다지며
불교유적지 방문하고 고대역사 확인하는 눈
가슴이 열리고 꿈이 깨어나고
발걸음이 빨라진다.

서울의 달

늘 고향 생각에 눈이 감겨 있다.
무슨 상념이 저리 많을까

구름발자국 가득한 하늘
느릿느릿 허리 아픈 아버지처럼
딸집만 가끔 훔쳐보며 걷는다.

다시 돌아오지 못할 요양병원
그 하얀 호스피스 병동
그 병동을 들어서는 어머니처럼
하얗고 힘없는 얼굴이다.

울력

텃밭을 만들고
절에서 먹을 야채를 심고 가꾸는 일
아침저녁 돌아보고 가꾸어도
풀밭이다.

내입에 들어가는 나물반찬
청정하게 길러야 하는데
벌레가 반을 먹는다.

속잎을 갉아먹는 애벌레를 잡아
밭둑 풀숲으로 옮겨주고
떡잎부터 돌려 따주는 수고
하루가 바쁜데
참새 혀처럼 작은 풀잎 하나가
사흘을 안 보면 열무키만큼이나 자란다.

마음도 잠시 정진 게으르면
번뇌의 잡초 저리 자라겠지.
경을 읽고 경에서 가르치려는 사유
이승의 인연에 대입하며
마음농사를 지으며 걸어간다.

그림자 인생

빛이 사라지고 어둠속에 눈 감으면
하루가 허깨비처럼 지나간다.
그 많은 여유와 빈틈이 있는데도
바쁜 척 마음만 동동거리던 하루

나이가 들면
매사 초연하고
사리분별도 바르다 했는데
사유만 깊어갈 뿐이다.

마당가 연잎에 맺힌 이슬
그림자를 씻다가
틈도 없이 어둠 다시 만든다.

천도재에 올린 맷돌두부

병천의 최보살님은 제사 때마다
맷돌두부를 갈아 만드신다.

영감님이 석공에게 부탁해 만든 유물
잔치 때는 하루에 불린 콩
한가마도 갈아냈다는 큼직한 맷돌.

영감님 텃밭너머 산길 가에
잔디 집 지어 이사 가시고
산까치 오가며 소식 전해도
명절이면 맷돌로 갈아내는 손두부

장터에서 쉽게 사와도 될 일
힘들여 만드시는 두부 한 접시
영감님 생일에도
밥보다도 먼저 드시던 순두부

올해 천도재 지내는 제상에도
따끈하게 데운 손두부 한 접시
사바연에 인연을 잇는 부부의 정
이보다 더 따뜻할 수 있을까?

틈

하늘과 대지의 틈
틈 사이에 끼운 씨앗
지구를 변하게 한다.

밤과 낮의 틈
시간과 시간의 틈
그 틈 사이에
찰나의 기쁨을 만든다.

제3부
길을 묻는 바람

굴참나무 아래의 다람쥐

두 손 모으는 모습
기도하던 노 보살인데
도토리 안고 가는 모습은 농군이다.
자식 두고 동동거리며
뛰어가는 아낙이다.

하찮은 다람쥐와 사람 사는 모습
다르지 않는데
욕심 많은 인간은 그 나무를 베어
버섯부터 기르려 하네.

나무는 썩어야 버섯을 내는데
살려두고 도토리 얻는 다람쥐는
제 먹을 것을 숨겨
싹을 틔우고
그 싹이 튼 나무씨앗 훔쳐가지 않나
아침저녁 살펴보고 가네.

다람쥐가 사는 방법
배고픔 인내하는 것.

산정山頂에 서다

목표한 것도 아닌데
앞만 보고 걷다 산 정상에 선다.

눈을 들어 보면 펼쳐진 산야山野
산과들이 그림이다.

저 그림을 곁에 두고도
내가 걷는 길 주변만 보고 살았던 세월
내가 온 길은 아득하고
내가 갈 길은 알 수가 없는데
멀리 절간의 쇠종소리
앉은자리 돌아보라네.

몽키부대 유격병

부대 편제에도 없고
군번도 없이 한국전쟁의 최전선에서
첩보諜報수집을 하던 소년 유격병
이름하여 몽키 부대.

접적지역 소년들을 첩보 병으로 모아
최전선 적군 활동을 탐지 하여
아군에게 전하던 소년들
학도병學徒兵들이 의연하게 조국위해 일어섰다면
소년병들은 조국이라는 이름으로
목숨 다해 싸웠다.

군번도 없는 이름으로
전선의 한편에서 꽃처럼 스러진 소년들
몽키 부대 어린 소년병들
그들을 추모하며
그들이 조국이라는 이름으로 활동하던
이 산하를 굳건히 지키는 일
우리의 책무요 후손된 우리의 할 일.

(2016. 4. 호국시화전 작품)

화살나무

화살 귀를 닮아
화살나무라 부르는 나무
또 다른 이름은 참빗나무

당뇨 앓는 노인들
이 나무뿌리 끓여 마시고
발가락 썩는 치료
가슴통증에도 달여 마셨다는 비구니 스님

흙에서 빚은 몸
흙에서 치료제 찾는 일은 바른 방법

못생긴 나무라 해도
빨간 열매 까치도 나눠 먹는다.

선물膳物

포장이 허술하면
귀한 선물도 허접스럽고
장식과 외장의 포장바구니만 예뻐도
기쁘게 하는 선물.

눈眼이 잣대.

마음의 자는 눈에 있고
눈의 잣대는 상대의 말씨를 잰다.

늙은 감나무

제사상에 감이나 곶감 진설하는 이유
너 알고 있니?

감나무는 열매를 맺으며
속으로 썩어가지.
열매 많이 맺으면
겨울 지나는 동안 가지 툭툭 부러지고
얼마나 힘이 들었으면
해거리도 한다네.

늙은 감나무를 베어보면
나이테 중앙 속이 뻥 뚫려있어.

예로부터 우리 조상님들은
그 감나무를 보고 조상들이 자식위해
피와 땀을 흘리며
베풀어준다는 의미로 생각하라 하셨어.

달고 맛있는 곶감이나 감 한 개
감나무는 최선 다해 먹게 했다는 걸
알라고 하신 거야.
부모가 자식위해 헌신하시는 것처럼.

누비바지

빛바랜 누비바지
60여 년을 간직해온 아버지의 유물

대구역에서 자원입대하여
열흘 동안 총 쏘는 연습만 하고
전선으로 달려 나갔다는 아버지

누비 속바지 한 벌 지어놓고
아버지 돌아오시길 기다리던 어머니
구순이 넘어 백세가 내일 모레이다.

아버지의 생일날
그 빛바랜 누비바지 종일 횟대에 걸어놓았다가
장롱에 넣으시는 어머니

어머니 산등성이 집으로 이사 가시는 날
자신의 집에 함께 갈무리 해 달라신다.

백마고지 산등성이에서 산화했다는 아버지
두 오빠와 유복자 딸 하나만
이승에 남겨놓고
어느 하늘가에서 별이 되셨을까

어머니는 별만 보고 사신다.

(김기운 불자의 영가에서)

목백일홍

금강경 1천 80부 사경한 법련 보살
공단 50필 끊어서
금분으로 사경 시작했단다.

글씨도 예뻐 이교도들도
금강경 옮겨 쓴 비단자락 간직하고 싶어
다락방으로 찾아온다는 법련 보살
107벌을 옮겨 쓰고
부처님 부름을 받았다.

절 마당 목백일홍나무 밑에 뼛가루 묻던 날
주지스님 남은 비단 천에
107분에게 주었다는 이승의 인연들 이름
한 분 한 분 금분을 찍어 적으셨다.

올해도 목백일홍 곱게 피고
금빛 가루 쏟아지는 하늘가에
눈매고운 법련 보살의 미소가 서려 있다.

'—스님 저 먼저 가렵니다.
　　하늘문가에 이르면 깨끗이 비질하고 있겠습니다.'

백중날 법련 보살의 이름도
지장전에서 불러야 하겠다.

한국전쟁 격전지를 찾아

9사단 장병들이 전투를 치르던 백마고지
피아간의 전투로 고지가 3미터나 낮아지고
육신은 부서져 먼지로 쌓이던 격전지
승리의 탑 아래 고개 숙이고
산화한 장병들의 넋을 추모한다.

산화한 장병들이
어쩌면 시절인연 잘못 만나
내가 될 수도 있었던 현장의 아픔

진눈개비 흩날리는 겨울에도
폭풍우 몰아치는 여름의 어느 날에도
낙엽 쏟아지는 계절에도 들러
소주 한 잔 따라놓는다.

누군가 내게 맡겨놓은 빛바랜 사진
그 속의 주인공이 유명 달리한
이 하늘 아래에서
그를 기억하려고 한다.

포연은 멎고 고추잠자리
그 빈 고지위를 나르는데
북녘 땅 산마루에서는 앙칼진 대남방송만
살아서 흩어진다.

(2015. 백마고지역 시화전 참가작품)

해남 미황사

미황사 괘불탱화 거는 날
땅 끝 해남을 찾아갔다.

예로부터 많은 군중 모일 때
당간지주에 걸던 탱화
걸기도 너무 커 가파른 산자락에 뉘어 보이던 탱화

보관도 힘들었을 저 보배의 그림
두 손 모으고
붓 한 번 들어 그리던 불모의 땀방울
오롯이 남겨져있는 탱화
야단법석에 오지 않더라도
탱화만 보고도
경건한 마음 간절한 발원
청정 행에 고개 숙이는 미황사 가던 날
가슴에 부처님만 새기고 돌아온다.

성불의 방법

발명가를 만난 자리
녹음기의 원리를 이용해
과거의 소리를 채록하는 방법 물었다.

부처의 육성 소리로 남아
이 대기 중에 잠겨있을 텐데
우리만 듣지 못하는 게 아닌가.

인간과 짐승 새와 하루살이까지
이승에서 지은 수많은 소리
다시 채록할 수 있다면
비밀은 사라지고
어둠속 진실은 가려지고
악성의 음악도 첫 감동으로 올 것이다.

에디슨이 축음기 원리를 만들 듯
대기 속에 스러진 성자와 선지식의 사자후
다시 되살릴 묘안
부처를 만나 아라한과 얻어
성불할 수 있다면—.

발명가 뒷목을 잡는다.

플라스틱 쓰레기

바닷물 1L에 1200개의 플라스틱 알갱이
중국과 한국 일본의 연근해 수치
그 플라스틱 알갱이가
어패류에서 소금에서
다시 인체로 옮겨온단다.

비닐을 쓰지 않기로 한 낙농국가
그 작은 노력만으로 뉴질랜드는
1년 600만장의 비닐봉투 없앤단다.

환경의 저주
시작이 아니라 전투는 중반전이다
물고기도 농작물도
비닐과 플라스틱 알갱이가 분해돼
깊숙이 스며들어 있으니
이제 이상 현상만 관찰하면 되나?

바람에 불려오는 잿빛 공기도
강물을 정수해 공급되는 식수도
과연 녹아든 플라스틱 공격에 안전할까

편리하면 편리할수록 절제해야 할
환경의 오염
바로 내가 죽는 도화선이다.

바람에 날리는 검은 비닐 한 장도
무서운 흉기가 될 수 있다

방등경을 읽으며

초기경전인 아함경을 읽고
부처님이 8년 동안 법설로 일러주신
대승경전의 진수
방등경

유마경과 승만경
사익경, 능가경, 능엄삼매경, 금강명경
'부처의 본뜻이 대승에 있다.'
설파한 각자들에게
그 견해를 증거한 경전

읽고 또 읽어도
시공을 초월한 그 날의 회상 아득하고
부처 앞에 엎드려
염불하는 운수납자雲水衲子의
바짓가랑이에
아 서러운 눈물이 젖는다.

불교의 향기

일찍이 원한을 틀어쥔 사상이 아니다
생로병사 우주만유의 이치 깨닫고
더불어 사는 평등의 행복
걸림이 없는 자유
발견하게 하는 신앙이다.

용기 없이 산 어제와
목적 없이 달려온 지난날과
주변의 하찮은 일에 동동거리며
늙어가는 인간사

윤회연기와 내가 지어가는 업식
선하게 사는 삶이
나를 자유롭게 하고
감정을 추슬러 공동체 삶의 힘이 된다

하늘을 나는 기러기가 남긴 소리 한 마디에
맑은 달빛이 깨어지듯
찰나의 순간은
눈꺼풀의 한 동작에 무너진다.

아기 영혼을 감싸 안는 손

이 세상 태어나 짧은 인연 속에
살다간 아기
태어나기도 전에 버림받은 아기들
저승의 강가에
모래성 쌓으며 울고 있다.

자기를 버린 엄마 얼굴
누군지 자기만 아는 아빠의 얼굴
얼마나 한스러우면
저승의 문 앞에서 이승 바라보며
울고만 있을까?

천수경을 읽고
지장경과 금강경을 외며
그늘내린 하늘 강가 돌아보니
발가벗은 아기들
하나 둘이 아니었네.

엄마라는 이름으로
아빠라는 이름으로
가끔은 돌아와 저승의 강가에 들리도록
기도의 목소리 간절하면
꽃 핀 가지 붙들고
그 아기 저승 문 넘지 않을까?

참회의 업력

죄 짓기 쉽고 선업 쌓기 어렵다
후회는 바른 길 향한 선도善道이지만
죄악을 자인하며
또 다른 죄업 만드는 것
업력의 무게 태산이다.

내생의 행복
내생의 지옥도 두려워하지 말고
물살에 밀려간 징검다리 징검돌
다시 들어다 고이는 선행같이
작은 일에서 시작하자.

일생 짐승 잡던 백정이 죽을 때
두 눈 부릅뜨고 벌벌 떨다
숨이 끊기는 걸 보고
그 가족들
법당에 와 지장보살 명호 울며 부르면
무엇할까

극락이 아무리 좋다한들
이승의 기쁨만 더하랴
이 눈부신 햇살 아래 늘 행복한 얼굴로
이웃과 나누며 즐겁게 사는 일상
부처는 절에 계신 것이 아니라
우리 곁에 늘 계신다.

마음 악해지지 않게
수행자들은 부처님 말씀 들려주며
염불하며 이타행, 자비보시
가르치는 것이다.

일곱 번째 딸 점순이

딸만 일곱을 낳은 점순이 엄마
딸만 낳아 집안 대를 끊게 했다며
아기 낳은 날 미역국조차
끓여주지 않으셨다고 했어.

언제나 점순 이는
개만도 못한 년이라고
할머니는 욕만 하셨지.

한여름 아버지 낙상사고로 입원하시자
할머니는 뭐가 미우셨을까
손녀딸들 등짝을 치며 소리치셨어.

5살 점순이
엄마랑 절에 와 불공드리던 기억 떠올려
절에 찾아와
법당마루 방석위에 잠이 들었지.

밤새 찾아도 못 찾은 아기
새벽 예불하려고
법당에 불을 켰을 때
가만히 일어나던 5살 아기 점순이
무섭지도 않았나.

그 아기 지금은
구순의 할머니 모시고 사는
문구업체의 사장이 되었다.

부처님 사리

부처님의 장례 모시고 거둔 사리
건봉사 대웅전에서 보았다.
천관산* 다비 장을 덮었던 연기 사라지고
보석처럼 영롱한 돌
머리뼈에서 거둔 사리.

사리는 지혜를 가르치고
마음공부 열심히 한 스님들
이승에 남기시는 작은 결정체라는데.

하늘 다시 열려도
만날 수 없는 거룩한 스승님
눈으로 확인하는 증거
볼 수 있는 것만으로도 큰 기쁨.

* 천관산 : 부처님의 주검을 불에 태우는 의식을 치른 산의 이름.

청년의 도전挑戰과 웅지雄志

청년이여 일어서라!
도전挑戰과 웅지雄志를 가지고 정진하라!

대륙을 공략하여 국토를 넓힌 고선지高仙芝의 기개와
해양영토를 개척한 장보고張保皐
임란壬亂의 등불 이순신李舜臣이 그랬다.

대륙에 연한 지정학적 반도의 특성
지역적 경계 탓하지 말고
오히려 발판으로 삼아 일어서라.

목표가 있는 꿈 성취할 수 있으며
목표가 있으므로 이상理想은 실현된다.

수많은 외침을 극복해온 국난극복사
자기희생으로 이룩해온 역사요
청년들의 의지로 지켜온 도전의 역사였다.

(진해해군기지 벚꽃축제 시화전작품)

성묘

가끔 묘역 찾아가
선망 부모 즐겨 드시던 음식 진설하고
엎드려 절하며
고왔던 모습 추억하는 성묘.

짐승이 아닌 인간이기에
이 세상 태어나게 해주신 은혜
길러주신 은혜
짝을 지어
가족의 의미 알게 해주신 은혜.

묘 등에 앉은 잠자리가
부모님의 분신이라도
엎드려 추모의 정 기리며
일 배 이 배 절을 올립니다.

제4부

산빛 고운 오후(찬불가 노랫말)

불교 동요

꽃무릇 피면

솔향 깃든 나무 밑에 꽃무릇 피면
부처님이 탄생한 날 다가오지요.
구름 피는 산마루에 꽃등이 뜨고
길가에는 오색연등 손 흔들어요.

후렴) 꽃무릇이 손 흔드는 숲속 노랫터
부처님이 오신 그날 축하를 해요.

소나무 숲 그늘아래 꽃무릇 피면
부처님이 오신 그날 가까워 와요.
풍경소리 염불소리 가득한 절에
부처님 오셨다는 찬불소리죠.

불교 동요

우리 불교 문화재

우리나라 문화재는 많고 많지만
불교 상징 문화재가 정말 많아요.
옛날부터 마음으로 지킨 문화재
돌아보면 사랑으로 살펴 왔어요.

후렴) 나라사랑 빛난 전통 문화재 사랑
마음으로 행동으로 지켜나가요.

우리나라 국가 보물 뭐가 있을까
불교 상징 문화재가 정말 많아요.
덕 높으신 스님들과 함께 지켜온
성스러운 불교유물 함께 지켜요.

(표준찬불동요집 제2집 수록작품)

그 말씀대로

1. 부처님이 일러주신 다섯 가지 계율은
우리들이 바로 새겨 지켜야 합니다.
다투지도 성내지도 거짓말 하는 것도
우리들이 지켜야 할 계율입니다.

2. 부처님이 일러주신 다섯 가지 계율은
우리 모두 바로 알고 지켜야 합니다.
생명을 빼앗는 일 물건을 훔치는 일
우리들이 해선 안 될 계율입니다.

(표준찬불동요집 제2집 수록작품)

불교 동요

참된 친구는

1. 용기 있고 의리 있고 믿을 수 있는
   참된 친구 멋진 친구 몇이나 있나요.
   정의로운 일을 보면 먼저 나서고
   언제나 어디서나 필요한 친구
   친구 중에 그런 친구 몇이나 있나요.

후렴) 믿음으로 사귀어요. 참된 친구는
      사랑하고 아껴줘요 믿음이 생겨요.

2. 어려운 일 이해하고 도와주는 손
   힘든 일 있을 때는 내가 도울 께
   용감하고 의젓하게 내 곁에 있는
   내형처럼 함께 있고픈 든든한 친구
   친구 중에 그런 친구 몇이나 있나요.

(표준찬불동요집 제2집 수록작품)

겨자씨와 담배씨앗

작고 작은 겨자씨를 보시었나요.
그렇게도 작은 씨앗 얼마나 맵나
작고 작은 그 씨앗이 나무되듯이
작은 씨앗 작다고 함부로 말아요.

작고 작은 담배씨앗 보시었나요.
그렇게도 작은 것이 잎은 안 크나
작고 작은 그 씨앗이 꽃대도 커요
작은 씨앗 작다고 흉보지 말아요.

솔씨 하나가

솔씨 하나 떨어져서 나무가 되고
나무들이 어깨 걸고 숲을 만들어요.
깨알 같은 솔씨 하나 숲을 만들 듯
어린이가 크게 자라 세상 바꿔요.

후렴) 어리다고 키 작다고 놀리지 마세요.
어린이가 어른 돼요. 꿈이 있어요.

풀밭위에 떨어져도 솔씨 하나는
나무되고 숲이 되고 산이 되어요.
좁쌀 같은 작은 씨가 숲을 가꾸듯
미래세상 바꾸는 건 어린이래요.

(2017. 한국동요음악협회 발표작품)

우리 절의 템플스테이

1. 불교예절 불교음식 궁금했어요.
   새벽부터 하루 종일 무얼 하실까
   스님생활 궁금해서 함께 모여서
   공부하며 배워봐요 템플스테이

2. 여름방학 친구들과 절에 왔어요.
   스님들은 무슨 공부 하고 계실까
   마음 닦는 마음공부 함께 모여서
   친구들과 배워봐요 템플스테이

불교 동요

죽비소리

1. 우리스님 죽비 들고 선방에 가시면
   탁탁 탁탁 죽비소리 깜짝 놀라요
   어깨 두 번 다른 쪽도 탁탁 맞으면
   졸음 멀리 자세 바로 정신도 맑아져요.

2. 우리스님 죽비 메고 누굴 보시나
   꿉벅꿉벅 졸고 있는 법우를 찾나
   왼쪽 어깨 다른 쪽도 탁탁 맞으면
   시원해요 개운해요 졸음도 멀리

(표준찬불동요집 제2집 수록작품)

풍선 날리기

오색풍선 날려 봐요 하늘 가득히
달나라에 꽃이 피게 꽃씨 넣어서
둥실둥실 하늘 높이 풍선 날려요.
달나라에 꽃이 피면 향기가 솔솔
구름언덕 나는 새들 정말 좋겠다.

풍선놀이 함께 해요 언덕에 서서
별나라에 별 열리게 꽃별을 넣어
둥실둥실 구름 높이 풍선 날려요.
별나라에 꽃 별들이 총총 열려서
어둠 없는 세상 되면 정말 좋겠다.

(2017. 부산동요사랑회발표작품)

불교 동요

욕심 많은 사람은

욕심 많은 사람들은 욕심으로 병이 들고
질투 많은 사람들은 친구들도 믿지 못해
대숲속에 일렁이는 부스러기 바람처럼
언제나 불안해요 믿지를 못해요
욕심 많아 빼앗길까 친구들도 없어요.

후렴) 언제나 불안해요 믿지를 못해요
　　욕심 많아 빼앗길까 친구들도 없어요.

찬불가

지장보살님 들어주소서

대원본존 지장보살 기도하오니
천상천하 무주고혼 구원하시고
사바 연에 고통 받는 중생들 위해
대자비의 가피은혜 이뤄주소서

후렴) 지장보살 지장보살 거룩하신 임
　　중생들의 법왕이신 지장보살님

법왕이신 지장보살 서원하오니
가엾으신 무주고혼 살펴주시고
사바연의 고통 받는 중생들 위해
참된 삶의 등불 들어 인도하소서.

불교 가요

산빛 고운 오후

내 마음에 붓을 들고 지나온 길 그려보니
맑은 강과 호수 물은 간데없이 사라지고
푸른 나무 바람소리 친구되어 다가오네.
눈을 감고 다시 봐도 지나온 길 바른데도
팔자걸음 한눈 파는 내 모습이 바람이네.

내 마음에 붓을 들고 가야할 길 그려보니
너른 광야 산천경계 내 눈 앞에 사라지고
산빛 고운 풍경소리 벗이 되어 다가오네.
간절한 맘 엎드려서 기도삼매 하다가도
내가 가는 구도의 길 산새소리 아득하네.

창작동요

바람의 속삭임

소리없이 다가왔다 소리없이 달려가고
꿈결처럼 다가왔다 구름처럼 달려가네
부처님의 도량안에 속삭임이 무엇일까
바람소리 안들려도 대장경문 읽고가네.

빛을따라 다가왔다 그림자도 없이가고
범종소리 듣고왔다 소리처럼 잦아드네.
풍경소리 일렁이는 전각아래 노는 햇빛
대북소리 잠을 깨도 바람소리 고요해라.

합창곡

백일홍 피는 절마당에

1. 노을빛 산마루에 햇살 고운 가을빛은
무문관 수행처에 연꽃처럼 피어나고
산사에 대북소리 어울지는 저 성전에
가슴으로 울며 외는 관세음의 염불소리
화두 하나 들고 앉아 득도하길 기원할재
절마당에 백일홍 꽃 환희불이 되어 웃네.

후렴) 진심으로 간절하면 대자비의 님 만날까
백일홍꽃 절마당에 염불소리 가득하네.

2. 풍경 우는 산사에 노을빛은 짙어가고
석탑위에 잠자리는 시절인연 꿈을 꾸나
엎드려 참회하는 인연지은 저 성전에
법화향기 가득하고 가피은혜 넘쳐나네.
큰길에는 문이없다 대도무문 대통법문
절마당에 백일홍꽃 종소리에 꽃이 지네.

◇ 발문

사유의 바다에서 건져 올린 佛心 시집

– 법공 스님의 3번째 詩集 발간을 축하하며

송운당 **현보** 스님

청소년 포교와 계층 포교에 남다른 이력을 가진 법공 스님이 그동안 갈고 다듬어온 찬불가요와 불교 동요 노랫말과 청소년 시를 묶어 3번째 시집을 상재했습니다.

시편마다 청소년들에 대한 살가운 애정과 구도여정을 통해 부처님 회상에 다가가는 조심스러운 수행자의 발자국을 느끼게 하는 작품들입니다.

자기의 생각과 느낌을 작품으로 세상에 펴내는 것은 생각처럼 그리 쉽지는 않습니다. 자기의 은밀한 행장과 구도여정이 포함된 내용이라면 더더욱 감출 것이 많을 텐데도, 큰스님에 대한 예경과 먼발치에서 발심수행의 여정을 함께 해온 노력이 올연히 나타나 있어 법공 스님이 추구하는 사유思惟의 바다가 한층 풍족해 보이기도 합니다.

우리가 사는 우주만유의 모든 사물도 부처의 눈으로 보면, 모두가 하나요 하나의 물질입니다. '동체대비同體大悲'라는 말은 생물이든 무생물이든 부처의 자비로운 시선으로 보면 모두가 사유의 바다에서 이야기를 나눌 수 있는 대상이요 함께 할 수 있는 동질성을 가진 개체라는 뜻입니다.

누가 밟고 건널지도 모를 시냇물 위에 '징검돌' 한 개를 놓는 인연이나 아직 잎을 피우고 있는 나무의 뿌리가 드러난 모습을 통해 '나무의 뼈'를 볼 수 있는 감각이 사유의 바다에서는 숨 쉬는 인간의 세계로 전이될 수 있는 모티브가 되기도 합니다.

부처님이 설하신 경전을 살피다보면, 모든 말씀이 게송과 이야기로 구성돼 있음을 알게 됩니다. 이 게송은 바로 시요 이야기를 훌륭한 문학작품으로 읽힐 수 있는 것들입니다.

승가의 많은 가족들이 불가의 인연을 소재로 한 다양한 문학작품을 매년 발표하고 있습니다. 부처님의 말씀을 현대인들이 알기 쉽게 윤색하여 펴낸 책도 있지만, 어려운 한자말을 그대로 직역하여 정리해 놓은 '경전 길잡이' 책도 있습니다.

이 모든 작업이 부처에게 다가가는 현대인들의 또 다른 방편이기도 합니다. 시적 화두를 들고 밤을 밝히며 시어 몇 자를 가다듬기 위해 수개월동안 고뇌했다는 어느 작가의 출판후기를 읽은 적도 있습니다. 분량이 상당한 소설이 아니라 단 몇 글자에 지나지 않는 시편 한 수가 많은 이의 심금을 울리는 것을 우리는 적지 않게 보아왔습니다.

그만큼 시를 쓰기가 어렵고 시에 대한 함축적인 사유를 우리는 감동 깊게 느끼며 전율합니다.

법공 스님은 이곳 아산 보문사에 오기 전에 완도 신흥사 등지에서 청소년 포교를 위한 서원을 세우고, 한·중·일 불교 청소년교류를 추진하는 등 계층포교와 청소년 포교에 앞장서 왔으며, 이러한 여정 속에 빚은 두 권의 불심 시집을 연이어 펴낸 것으로 압니다.

수행자의 고뇌와 시어로 재탄생하는 사색의 발자국은 텃밭을 일구고 험한 산길을 돌아오는 만행의 과정과도 같습니다. 수행의 방법이 모두가 같을 수는 없겠지만 법공 스님의 시작詩作을 통한 구도의 여정에 한 편 한 편 모은 시편들이 부처님 회향에서 한 잎 두 잎 연꽃 향기로 남아있기를 기원합니다.

감사하고 고맙고 즐거운 일입니다.

특히, 법회 현장에서 체득한 이야기와 법회 현장에서 나눈 소중한 대화와 고민을 시어로 풀어놓은 마음의 향기가 돋보입니다.

부처님의 가르침을 전하면서 법회 현장에서 체험하고 몸과 마음으로 느낀 시적 감흥과 사유의 바다를 감미로운 노랫말과 시어로 다듬어온 노력이 가상합니다.

이 책 『길을 묻는 푸른 바람』은 어쩌면 화자인 작가의 방백일 수도 있겠지만, 포교현장에서 나눈 많은 선문답과 고민을 표면으로 드러내서 함께 공유하는 기회를 보여주자는 의도적 오류誤謬인지도 모릅니다.

전자책과 **종이책** 두 종류의 책으로 세상에 내놓으며, 작가의 고민도 컸으리라고 봅니다. 더욱 정진하여 문학포교에도 남다른 이력을 수성하기를 빕니다.

작품집속에 실려 있는 '윤회의 바다'나 '정갈한 음식', '죽비소리'와 같은 시제를 읽다가 보면 우리가 살아가는 사바연의 작은 일상이 스스로 경책하며 '참나를 찾는 길' 임을 이 책은 깨우치게 해주고 있습니다.

불자들이 한 번쯤은 읽고 자신을 돌아볼 수 있는 이 시대 수행자의 따뜻한 시선으로 쓴 시집으로 법공 스님의 3번째 시집 『**길을 묻는 푸른 바람**』을 추천하는 바입니다. 발간을 축하합니다.

정유년 시월 초하루
아산 보문사 회주
송운당 **현보**

부록

1. 본생경개작동화
   「아름다운 꽃은 필경 지게 된다」
2. 미타경의 연구토론세미나원고
   (2017. 산사문화활동)

아름다운 꽃은 지게 된다

히말라야 눈 덮인 산기슭 토굴에 다모가섭이라는 수행자가 살고 있었습니다. 그는 유난히 몸에 털이 많아 털북숭이라는 별명까지 달고 살았습니다.

그가 수행하는 멀지 않은 곳에는 어린 시절 함께 공부하던 친구가 국왕으로 나라를 다스리고 있었습니다.

그가 출가하기 전 궁궐의 친구들이 말했습니다.

"가섭아, 너는 왕과 어린 시절부터 함께 공부한 사이니까 분명 큰 벼슬자리에 오를 수 있을 거야."

"그럼, 국무총리라도 마음만 먹으면 할 수 있을 걸."

"재산도 하인들도 많이 두고 평안히 살 수 있을 거야."

가섭은 어느 날 사람들의 말처럼 국왕이 된 친구로부터 부름을 받았습니다.

'가야할까 말아야 할까? 만약 친구에게 갔을 때 국무총리를 맡으

라고 하면 어떡하지? 그리고 내가 하기 싫다고 하면 얼마나 기분이 나쁠까?'

가섭은 미리부터 가족들과 왕에게 자신은 집을 떠나 수행자로 살며 깨달음을 얻어 도인이 되겠다고 말해 가족들이나 친구인 왕도 그냥 빈말처럼 하는 소리려니 하고 있었습니다.

가섭이 왕의 부름을 망설이다가 두 번째 연락을 받고서야 자신의 결심을 밝힐 때라는 것을 느꼈습니다.

가섭은 곰곰 생각을 하다가 궁궐을 나와 히말라야 눈 덮인 산으로 들어갔습니다.

'그래, 숨어 버리자. 내가 숨어버리면 국왕의 청탁도 받지 않을 것이고, 친구와의 우정도 지켜갈 수 있을 거야. 난 수행자가 될 거야.'

가섭은 스스로 머리를 깎고 집에서 입고나온 아름다운 옷을 벗어버렸습니다. 그리고 추위를 견딜 수 있는 헌옷을 갈아입었습니다.

조용히 가부좌를 틀고 명상에 들어 불과 일주일 만에 큰 깨달음 얻고 '아라한' 이 되었습니다.

가섭은 재물에 대한 욕심, 지위에 대한 욕심, 아름다움에 대한 욕심 등 다섯 가지의 욕심을 끊는 무서운 고행을 시작하였습니다. 그런데 그의 고행은 하늘의 제석천왕이 있는 궁전까지 흔들 정도로 업력이 큰 것이었습니다.

가섭이 외고 읽는 다라니 소리에 하늘의 별들이 후두둑 떨어질

정도였습니다.

하늘을 다스리는 제석천왕이 자리에서 벌떡 일어나 하늘 아래 세상의 가섭을 보았습니다. 시커먼 털북숭이 가섭이 히말라야 눈 덮인 설산에서 명상하는 모습이 보였습니다. 그가 기도하는 주위에는 성자들에게서만이 보이는 상서로운 빛이 서려 있었습니다.

제석천이 생각했습니다.

'흠, 저런 수행자의 모습은 성자가 아니면 성취할 수 없는 고행이다. 장차 저 털북숭이 가섭이 성자가 되면 내 자리까지도 넘볼 수 있겠구나. 내가 저 가섭의 친구인 왕을 찾아가 수행을 그만두게 해야 하겠다.'

제석천은 사람의 모습으로 변장을 한 채 가섭의 친구로 왕위에 오른 국왕을 한 밤중에 찾아갔습니다. 곤하게 잠을 자던 국왕이 하늘의 피리소리를 듣고 놀라 깨어나 제석천을 바라보았습니다.

"다 당신은 누구십니까?"

"왕이여. 놀라지 마라, 난 하늘을 다스리는 제석천이다."

"하늘의 왕이시여. 무슨 연유로 제가 다스리는 나라에 오셨습니까?"

"왕이여. 이 하늘 아래에서 가장 위대한 임금이라는 명예를 얻고 싶지 않은가?"

"하늘 아래 위대한 임금요? 그야 누구나 바라는 바램이 아닙니까?"

"나는 지상의 모든 것을 이루게 할 수 있는 힘이 있느니라. 내

말대로 따른다면 그대는 세상의 그 어떤 임금이 누릴 수 없는 대단한 힘을 가질 수 있을 것이다."

"제석천이시여. 따르겠습니다. 제석천처럼 영원히 늙지도 죽지도 않는 위대한 힘을 가질 수 있다면 무엇이든 따르겠습니다."

"좋다. 너는 지금 히말라야 산기슭 동굴에서 수행하고 있는 네 친구 털북숭이 가섭을 찾아가 부탁을 하여라. 이 왕국에 있는 네 발 달린 짐승을 한 구덩이에 몰아넣어 죽이고, 그 피를 담아 제사를 지내라 해라."

"네 발 달린 짐승을 웅덩이에 몰아넣고 죽이라고요? 그리고 그 피를 그릇에 담아 제사를 지내면 되는 것입니까?"

"그렇다. 반드시 네 친구 털북숭이 가섭이 제주가 되어 실행하여야 하나니라."

"알겠습니다. 날이 밝으면 시종을 보내서 반드시 제 친구 가섭을 불러서 부탁을 하겠습니다. 내가 전 세계를 다스리는 전륜성왕이 될 수 있다면 어릴 때의 우정을 생각해서라도 기꺼이 도와줄 것입니다. 믿으십시오."

날이 밝았습니다.

국왕의 명령을 받은 시종과 코끼리에 가마를 얹은 왕실근위대 병사들이 히말라야 산으로 출발하였습니다. 그리고 멀지 않은 곳에서 수행자 가섭을 만나 국왕의 친서를 전했습니다.

"국왕께서는 존자께서 꼭 도와주실 것이라고 하시면서 오실 때 타고 오시라고 의자를 높이 앉힌 코끼리를 끌고 왔습니다. 저희가

안전하게 궁궐까지 모시겠사옵니다."

"대신이여, 속단하지 말라. 나는 이미 부귀영화를 다 버리고 출가한 수행자이니라. 아름다운 옷도, 맛있는 음식도, 내게는 하찮은 것들이다. 살생을 통해 전륜성왕이 된다면 얼마나 가혹한 일이냐? 나는 가지 않을 것이니 그리 알고 국왕에게 전하도록 하여라."

대신들과 시종장은 국왕의 친구로 흔쾌히 승낙할 줄 알았던 가섭의 완강한 거절에 할 수 없이 궁궐로 돌아와야 했습니다.

국왕도 낭패한 얼굴로 모두를 바라보았습니다.

"그 수행자를 궁궐로 오게 할 수 있는 묘안이 없겠느냐? 모두 돌아가 묘안을 마련하여 아침 조회에 참석하도록 하여라."

그날 밤이었습니다.

하늘의 제석천이 다시 국왕의 곁에 나타나 이야기했습니다.

"국왕이여, 다모가섭을 만나고 왔는가?"

"예. 시종장과 대신을 보내 만나기는 하였으나 그 스스로 찾아와서 제사를 지낼 수는 없다는 말만 듣고 왔습니다."

제석천은 연못가에 연등을 밝히고 노래를 부르는 국왕의 딸 '찬다바티'를 가리키며 물었습니다.

"국왕이여, 가섭이 그대의 딸 '찬다바티'를 사랑하고 있는 것을 아느냐?"

"예? 제 딸 찬다바티요?"

"찬다바티를 곱게 화장시켜 데리고 가라. 대왕의 뜻을 이뤄준다면 딸을 아내로 주겠다고 약속하여라. 그리하면 승낙할 것이다."

"그럴 수 있다면 지금이라도 사람을 보내겠습니다."

"서두르지 말고 날이 밝으면—."

"예."

바로 다음날, 시종장과 대신들은 다시 코끼리를 끌고 설산으로 나아갔습니다. 코끼리 위에는 비단으로 옷을 지어 입은 공주 '찬다바티' 가 앉아있었습니다.

"공주야. 아버지가 전륜성왕이 된다면 이 세상 무엇이든 너에게 다 이뤄 줄 수 있을 것이다. 아버지의 어린 시절 친구였던 가섭에게 시집가거라."

"예. 아바마마 뜻대로 하겠사옵니다."

시종장이 다모가섭의 수행 장소로 나아가 말했습니다.

"수행자여. 국왕이 공주의 부마를 약속하시며, 첫째 공주 '찬다바티' 를 보내셨습니다."

"뭐? 그 곱던 '찬다바티' 가 여기까지 왔다고?"

다모가섭은 '찬다바티' 의 모습을 보고는 정신이 아득했습니다. 눈부신 모습에 어찌할 줄을 몰라 잠시 허둥댔습니다.

"정말로 국왕께서 공주의 부마가 되라고 했단 말이지?"

"예. 수행자님!"

그때 공주가 코끼리의 등에서 내려 다모가섭 앞에 와서 무릎을 꿇었습니다.

"가섭 오라버니, 아바마마를 도와주세요. 평생 지아비로 모시고 싶습니다. 아바마마가 그리해도 좋다고 허락하시어 한걸음에 달려왔습니다."

"공주, 그대가 정녕 나를 사랑했었단 말이냐?"

"이런 인연 잃고 싶지 않습니다."

공주의 눈물어린 호소를 들은 가섭은 누더기 옷을 훌훌 벗어던지고 시종장이 가지고 온 무사의 옷을 갈아입었습니다. 그리고 공주를 덥석 안고 코끼리 등에 얹은 의자에 올라탔습니다.

그 모습을 보고 대신은 급히 가섭이 궁궐로 돌아간다는 소식을 전했습니다.

왕은 궁궐 밖에까지 나와 설산을 바라보다가 너른 광장 옆에 커다란 웅덩이를 파게 했습니다.

"여봐라! 웅덩이를 파고 네발 달린 코끼리와 소, 말, 돼지, 양, 염소, 낙타를 잡아다 넣어라. 다모가섭이 와서 제사를 바로 지낼 수 있게 어서 준비를 단단히 하여라."

"예."

궁궐의 광장에 커다란 웅덩이에 짐승들이 채워졌습니다.

성 밖에 사는 백성들도 이 진귀한 제사를 보기 위해 구름처럼 궁궐로 모여들었습니다.

성루에 걸린 대북이 둥둥 울려 퍼졌습니다. 가섭은 코끼리에서 내려 말을 타고 달려왔습니다.

국왕이 테라스에서 내려오며 가섭을 맞았습니다.

"가섭 오랜 내 친구여. 나의 부탁을 들어주시게!"

"국왕이시어 제 하잘 것 없는 재주로 제사를 지내 전륜성왕의 지위를 오를 수 있다면 기꺼이 그 일을 하겠나이다."

다시 북소리가 덩덩 울려 퍼졌습니다.

가섭은 긴 칼을 들어 웅덩이에 갇혀있는 짐승을 죽이기 시작했습니다.

너무 공포스러워 그 주위에 모여 있던 백성들이 소리를 질렀습니다.

"가섭님, 수행자여. 이런 일을 꼭 당신이 해야 합니까?"

그때 웅덩이 속의 짐승들이 일제히 울부짖으며 소리를 질렀습니다.

가섭은 문득 이 짐승을 왜 죽여야만 할까 하는 생각을 가졌습니다.

'그렇군, 이 짐승들을 내가 왜 원수진 일도 없는데 죽여야 하지? 칠보의 보배가 무슨 소용이며, 수행자에게 공주의 아름다움이 왜 필요한가?'

가섭은 다음과 같은 게송을 읊으며 칼을 내던졌습니다.

> 나는 이세상의 많은 애욕을 저주하노라.
> 왕이여, 고행은 오욕보다 훌륭하다.
> 나는 그 애욕을 버리고 고행을 닦으리니
> 그 나라와 딸은 당신이나 가지거라.

가섭은 잃었던 힘을 다시 얻어 허공에 올라앉아 왕과 백성들을 향해 설법을 했습니다. 그리고 웅덩이의 짐승들이 저절로 밧줄에서 풀려나 웅덩이 위로 올라오는 기적을 보여주었습니다.

웅덩이도 스스로 메워져 평평한 광장이 되었습니다.

이 모습을 지켜보던 국왕과 백성들이 찬송하며 가섭의 능력에 박수를 쳤습니다.

〈이 이야기는 '본생경' 제433화 '다모가섭의 전생 이야기' (로마사 · 캇사파 · 쟈아타카)를 동화로 풀어쓴 것입니다.〉

부록 2.

아미타경의 생성과 민간신앙으로의 발전

법공 김화*

목 차

1. 불설 아미타경

1) 역사속의 아미타경의 전래

아미타경은 열반경이나 법화경을 소의경전으로 하는(문화체육관광부 등록―전체 378개) 불교종단 중에 78개 종단이 수지하고 종지로 채택하고 있는 정토삼부경 중에 하나이다.

---

* 아산 보문사 스님

전국의 사찰분포도를 보더라도 내륙지방에는 관음신앙의 사찰이 많이 위치한 반면 과거 백제문화권에 속한 전라남북도와 충청도의 해안 주변에는 미타경과 열반경, 지장경에 근거한 미륵신앙이 강설되어 왔다. 마찬가지로 경주 분황사(열반종의 중심사찰)를 비롯한 경주와 가야권 일대의 많은 사찰도 부처님이 미래불로 예비하신 아미타불과 미륵불의 아미타 미륵신앙이 원효와 대각국사, 보덕화상이 전하면서 크게 발전해 왔다.

이와 같은 발전의 동기는 380여년에 가까운 신라와 백제의 크고 작은 전쟁과 고구려와의 국경전쟁, 왜구의 해안마을 침략을 비롯하여 삼국통일을 이루기까지의 수많은 전투에서 전투인력을 차출하기 위한 화랑(소년병)을 양성할 만큼 인명의 손실이 컸던 데에도 기인한다.

특히, 한강과 낙동강, 금강, 섬진강 일대의 대규모 홍수가 연이어 발생하자 국가적 사변에 대처할 방법이 없이 민심이 흉흉해지자, 전쟁터에서 요석공주의 부마의 시신을 거두어 돌아온 원효가 요석공주와의 결혼을 하고 '무애가'를 부르며 하층민을 하나로 결집한다. 이것은 많은 전상자로 미망인들을 국가차원에서 재혼의 문을 열고, 불교를 통해 지배계층과 피지배계층간의 융화를 도모하므로 대통합의 장을 마련하는 결과물로 나타난다.

누구든 나무아미타불을 부르면, 미륵불이 준비한 용화 세상에 날 수 있고, 지극한 염불선이 정토왕생의 지름길이라는 당래불의 왕생이념을 가르쳤다.

따라서 불교는 서기 600년을 기점으로 귀족을 위한 불교가 아니라 누구나 자기의 서원에 따라 10선 계율과 10선 선법을 잘 지켜 수행하면 왕생할 수 있다는 구원의 메시지로 자리 잡게 됐다. 죽음은 이별이 아니라 살아온 근기와 이타행에 따라서 극락에 왕생할 수 있는 자격을 가진다는 주장에 전 국민이 위안을 받는다.

집집마다 사망의 고통에 신음하던 국민들이 망자의 왕생을 빌고, 새 희망과 삶의 원기로 받아들인 것이 바로 미타경이며, 새 생명을 얻어 왕생한다는 의미로 무량수경이라고도 불렀다.

2) 미타경의 생성

왕사성 영취산에서 천이백 비구들에게 강설하신 아미타경의 요지는 법장비구의 48대원에 대한 미래 세상에 대한 서원으로 시작된다. 이 48대원은 정토세계의 이상향을 서원한 것으로 모든 중생들의 바람이 담겨져 있다.

이 48대원 중에는 약사여래, 지장여래의 대원과도 중복되는 서원이 많지만, 법장비구의 48대원은 대통합한 내용의 결정으로 보는 것이 맞을 것이다.

현재 법장비구의 48대원을 들어 현세에서의 발원은 10선법, 즉 10가지 선행과 10선 계율, 즉 10가지의 계율을 실천하라는 10선율법을 지키자는 원효종을 비롯하여 미타종, 원왕생종, 열반종이 종풍운동으로 전개하고 있기도 하다.

특히, 부처님이 강설하신 왕사성 영취산에서의 세자대왕 부처님의 예화는 코살리국 기원정사에서 강설한 '녹장비구의 살인' 편에도 미래 세상에 대한 예비로도 확인할 수 있다.

경전을 인용하면, 기원정사에 부처님이 계실 때 '병든 몸을 버리면 건강하고 튼튼한 몸을 얻을 수 있다' 는 말을 듣고 정사입구로 찾아온 병든 노인들과 환자들을 녹장비구가 차례로 죽인다. 이를 전해들은 부처님은 '전생의 업력에 의해 병을 얻은 중생은 그 업력을 소멸치 않으면 다음 세상에서 불구가 되어 태어난다' 라고 이르시며 생전에 염불선과 이타행을 실천하여 윤회업장을 벗어나야 한다고 가르치신다.

여기에서 염불선과 이타행의 실천은 서방정토 10만억 세계에 준비한 용화세상 극락세계의 왕생으로 귀결된다.

2. 향가 문학에 나타난 왕생 기원의 의미

1) 향가 발생의 시대적 의미

신현득 박사께서 주제논문에 밝혔듯 불설 미타경이 바탕이 된 정토사상이 우리 민속과 생활에 깊숙이 뿌리내린 저간은 1700여 년 전 삼국시대 때 지루한 전투와 수많은 전상자 발생과 전쟁미망인과 유가족을 위로하고 망자의 명목을 비는 신앙의식으로 발전한 것이다.

그리고 이 시대의 사회적 현상과 병리현상을 극명하게 나타낸 문학작품으로 향가와 민속요 등이 대부분 불교이념과 기원을 제재로 삼고 있다는 점이다.

광덕이 노래한 '원왕생가'의 내용을 보더라도 무기체인 '달'을 지칭하여 사바 세상에 있는 사람이 극락왕생을 서원하며 염불 선을 하고 있으니, 정토 세상에 나게 해달라고 알려드리라는 서원이다. 만약 내가 가기 전에 법장비구의 48대원이 이뤄지면 나는 무엇을 준비해야 할지를 묻는 서원이다.

원왕생가의 발생 시기를 유추하면 백제와의 변방 전투가 가장 치열하던 시점이다. 관창을 비롯한 6세대 소년화랑군이 전쟁의 중추를 맡던 시점이다. 중년 전투 부대원들이 대부분 사망하거나 부상을 입고, 16세 전후의 소년들이 기병들이 따르는 돌격군의 역할을 맡던 시기이다.

후방에 있는 민간에게 위로할 수 있는 전파력 강한 노래는 신앙에 귀의해 망자의 명복은 물론, 이승에 있는 우리도 연불선을 통해 망자가 있는 극락세계에 태어나 다시 인연을 맺어 살겠다는 간절함도 내포하고 있다.

2) 아미타경에 기초한 작품들

손낙범 국학자의 견해는 "향가는 신라통일 후의 사대주의 사상에 기인하여 발생한 당악唐樂에 대한 자국의 노래에 붙여진 명칭"이라고 주장했는데 우리는 한국시가사의 갈래에서 향가를 볼 것이 아니라 이 노래가 불리던 시대의 사회배경과 국가가 사회통합을 위해 어떤 정책을 폈고, 그 정책에 불교의 역할은 무엇인지를 살펴보아야 할 필요가 있다.

국문학에서 말하는 향가란 향찰에 의해 정착되고(구전되다가 향찰로 표기된 것) 창작된 현전 25수를 말한다. 물론, 현존하는 향가를 보면 향찰로 정착되기 이전에 2행시체 향가와 사뇌가처럼 6행시체, 이것은 3구 6명체가 존재했음을 서동요나 혜성가와 같은 가사를 통해서 알 수가 있다.

정토삼부경에 기인한 유명을 달리한 화랑이나 랑승, 화엄경이나 법망경, 원효의 발심수행장을 근거로 한 향가는 혜성가, 보현십종원왕생가 11수, 도솔가, 제망매가, 천수대비가, 찬기파랑가와 같은 작품들이다.

그리고 소재 면에서 아미타경에 열거한 48대 법장비구의 서원에 나타나는 용이나 귀신, 마왕, 하늘을 다스리는 범천과 팔부대중의 모습은 소설이나 동화로 창작하는 데는 그만큼 장대한 스케일과 시간과 공간을 오가는 상상의 세계는 한가지의 이야기를 손에 들고 상상력만 더하면 수만 편의 작품을 빚을 만큼 무한하다.

우리는 그동안 동화의 바다 '본생경의 우화 550여 가지와 비유경의 예화로 든 240여 가지의 이야기, 반야경의 비유와 게송은 수많은 이야기의 소재와 제재를 통해 붓다야 말로 천재적 문학가요 시인이요, 철학자임을 알았다.

우주의 시작에서 삼악도가 없는 세상의 발원만 해도 성경의 천지창조에 비유할 수 있는 우주관이 그려져 있고, 윤회의 과정 설명에도 육도윤회의 본 모습과 지옥과 아귀, 축생으로 빠져드는 3악도의 근본원인과 그를 벗어날 수 있는 세상의 설명은 단테의 신

곡의 소재보다도 무궁무진한 상상을 펼치게 한다.

3) 포교자료 제작과 아미타경

우리는 경전 속의 극락과 미륵세상, 여러 부처가 사는 화장세계의 모습을 경전을 통해 알고 배웠다. 그리고 악한이 겪고 태어날 지옥세계를 살펴보았다.

그러면 이 미타경의 배경을 자료로 하여 어린이 청소년들의 포교자료를 어떻게 만들고 구현해야 할까 생각해 본 일이 있는가?

현대세상은 12살짜리 어린이가 장편소설을 쓰는 시대이다.

인터넷에 연재하는 어느 어린이는 7권의 동시집을 발표하고 있다. 그만큼 메스미디어의 영향이 커졌고, 어린이들의 매체에 대한 적응력이 커졌다는 것이다.

그래서 옛날과 같이 전설의 고향에 등장하는 담배 피는 고양이나 호랑이가 삼베옷을 입고 어머니 묘소에서 시묘살이를 하는 그림동화로는 포교 구심점을 잃고 만다.

철부지 어린이들에게는 인형극의 소재로 무궁무진한 갈래연극을 만들 수 있다.

그렇다고 경전 속의 비유를 설명하며 어린이청소년들을 겁박하여 포교현장으로 나오게 해서는 안 된다.

저절로 옷이 입혀지고 생각만 하면 그 대상이 눈앞에 놓이는 마법의 세계가 열려있는 세계가 바로 아미타불의 세상이다.

짧은 이야기를 들려주고 '토막극을 만들어 보게' 하거나 비유로 설명한 예화 속의 상황을 토론을 시켜 돌출시키는 '토론방식의 경전 바로 알기', '그림으로 설화를 그려보기' 등도 현대적 감각을 살릴 수 있는 포교방법이다.

3. 결 론

불교의 궁극적 이념은 자성을 찾아 성불하는 것이다.

나도 이롭고 남도 이로운 정토세상을 사바세계에 건설하는 일이다.

아미타경은 사랑과 자비, 존경과 나눔의 자비심으로 가득한 세상이다. 부처님이 강설한 이상향의 불국정토는 바로 이타행을 실천하며 염불선을 통해 부처에 귀의하는 것이다.

길을 묻는 푸른 바람

초판인쇄 · 2017년 11월 13일
초판발행 · 2017년 11월 20일

지은이 | 법공 스님

펴낸이 | 서영애
펴낸곳 | 대양미디어

출판등록 2004년 11월 제 2-4058호
04559 서울시 중구 퇴계로45길 22-6(일호빌딩) 602호
전화 | (02)2276-0078
팩스 | (02)2267-7888

ISBN 979-11-6072-017-4 03810
값 13,000원

이 도서의 국립중앙도서관 출판예정도서목록(CIP)은 서지정보유통지원시스템 홈페이지(http://seoji.nl.go.kr)와 국가자료공동목록시스템(http://www.nl.go.kr/kolisnet)에서 이용하실 수 있습니다.(CIP제어번호 : CIP2017026857)